Gregor Mirwa

Eine Sekunde vor dem Erwachen

neue lyrik
band 83

(Foto: Lorenz Kienzle)

Gregor Mirwa

lebt in Berlin und ist als Beobachter, Protokollant und Arbeitsmediziner tätig. Seit den 90er Jahren Schriften, Reisen (Nord- und Südamerika) und literarische Einmischungen. Co-Herausgeber von Minerva-Zeitschrift für Notwehr und Philosophie. Mit-Gründung des literarischen Salons Mittwochsgesellschaft. 1998, Erfindung des interkulturellen Festivals Le Week-end in der polnisch-deutschen Grenzstadt Gubin/Guben. Lesungen in Berlin, Hamburg, Zielona Gora, Sarajevo. 2011 Publikation *Berblingers Gang*, editionDerStrom.

Gregor Mirwa

Eine Sekunde vor dem Erwachen

Gedichte

Leipziger
Literaturverlag

Raum, Schachtel, neue Heimat

Pasta for tired dancers

In der Zeit lebten wir in Middletown,
meine Frau und ich. Ich hatte eine
Kompositionsklasse und jeden Montag
kam Elle nach ihrem Unterricht zu
uns. Sie unterrichtete Tanz.

Ich war zuhause und Elle war müde vom
unterrichten, wisst ihr, es ist so anstrengend,
Tanz zu unterrichten. Jedenfalls war sie
immer ziemlich erschöpft und ich kochte für
sie und meine Frau und mich.

Es ist ganz einfach, du musst Knoblauch
nehmen, nicht zu knapp, der Boden muss
ganz von ihm bedeckt sein, es muss
zischen, wenn das Olivenöl heiß wird.
Und dann kommen die Tomaten.

Ich nehme immer *Muir Glen Organic*
Whole Peeled Tomatoes. Du kannst
auch andere nehmen, wie du magst, aber ich,
ich nehme nur *Muir Glen*. Das sind
die Besten, glaub's mir, so gut.

Elle und meine Frau und ich aßen jeden
Montag zusammen, immer die gleiche Sorte Pasta,
immer nach demselben Rezept. Es macht müde

zu tanzen. Und es schmeckte uns,
kein Salz, kein Pfeffer, ohne Kräuter.

Als Elles Vertrag auslief, kam Suzanne. Ich kochte
für sie und meine Frau und mich. Suzanne, es wird
euch nicht wundern, war total erledigt vom Tanzen.
Also bekam sie Pasta mit Tomaten, Knoblauch,
Olivenöl. Erst kippst du die Dose mit den Tomaten

auf ein Brett. Die Tomaten sind länglich, etwas
Fruchtsaft läuft zum Rand. Den Stielansatz und die
dunklen Stellen schneidest du am besten weg.
Die rote Masse liegt nun da und du kannst sie
mit dem Messer wiegen. Manchmal, immer öfter,

auch jetzt, wo ich schon dabei bin, fällt mir
der Bericht von Samar ein. Als man ihr die Augenbinde
abnahm, sah sie erst gar nichts. Dann wurde sie
von hinten gestoßen, tiefer rein in eine der Zellen.
Der Gestank war unerträglich. Noch immer

konnte sie in der Düsternis nicht genau erkennen,
was. Allmählich sah sie, noch unscharf, so etwas wie
ein großes, bleiches Ypsilon, das sich vor der Wand
abzeichnete. Ein Stoß und sie sah, was sie schon
wusste. Samar versuchte näher zu kommen, aber eine

Hand hielt sie gepackt. In diesem Moment fing
das Ypsilon an sich zu rühren. Es kam ihr vor
als bewegte sich ein Block aus Kot und

Schmerz auf sie zu. Da, wo die Arme und der Rumpf
zusammen kamen, da musste der Kopf sein.

Dieser Kopf hatte kein Gesicht mehr, es war eine
Masse Brei, keine Nase, keinen Mund besaß es,
keine Augen, nur roter Püree, mit braunen Flecken,
und ein wenig Schwarz. Die schwarzen Stellen,
hörst du, musst du wegnehmen, die machen die

Soße bitter. Ich weiß nicht, warum ich euch das
erzähle, ihr müden Tänzer, seid meine Gäste.
Es erinnert mich daran, dass es ja weiter gehen
muss. Die Pasta ist fertig, nehmt Platz, es muss
ja irgendwie weitergehen mit all dem, dem Ballett

der Küchlein in ihren Eierschalen, dem Gezische des
Olivenöls auf dem Grund des Topfes, der Wiederholung
meiner Stimme hier in dem Raum, der ein anderer ist
als dein Raum -und eh ich es vergess', du musst
den Knoblauch fein hacken und dann erst pressen.

(für Alvin Lucier und Samar Yazbek)

Einige sind lebendiger als andere

Es ist diese Nacht im März als du die paar Stufen
hinunter kommst, das Bier hinter dir lässt und in dem Haus
an der Ecke gegenüber noch Licht brennt. Ein Gelenkbus
fährt gerade vor und hält an der Haltestelle direkt
unter dem Fenster. Niemand verlässt den Bus, niemand

steigt ein. Hinter dem Fenster keine Bewegung. Es
brennt Licht, der Bus fährt an, bewegt vom langen Zehen-
strecker in Pferdestärke übertragen. Das Zimmer ist leer,
das Licht vergessen, der Fernseher läuft und vielleicht ist
jemand einfach eingeschlafen. Dieser Moment macht alles

anders. Die Luft hat Platz. Die meisten Autos schlafen.
Papiere mit Nachrichten von heute werden vom
Morgen höher geweht. Flaschen klirren vor Kälte und
ein Volvo mit Standlicht biegt genau an der Ecke ein.
Du zeigst rüber zum Fenster, an dem deine Frau

steht. Sie trägt eine weiße Krone. Es sieht so aus
als würde sie ihre Krone tragen wie eine Nachtschwester
aus dem Hospital ein paar Straßen weiter, vor 28 Jahren.
Elektrische Entladungen, Sedativa bei Bedarf. Sie lächelt
und zieht die Vorhänge zu, mit beiden Händen in einem.

Stuhl

wir unterhielten uns über uns
jeder für sich auf dem Stuhl sitzen
du dort ich hier Stühle die
so meintest du hinterher
nicht mehr das sein werden
was sie bis zu dem Augenblick
diesem langen Augenblick für dich
gewesen waren und warum das was ginge
nicht geht nicht jetzt vielleicht nie im Leben
aber doch einmal
ein paar Mal sogar
vor vielen abgestreiften Stunden und vielleicht jetzt
vielleicht jetzt doch ein bisschen ginge
oder eher in einem anderen Leben
in einem anderen Land
in dem aber wieder so ein Stuhl
stehen müsste wie dieser da
der inzwischen ganz warm vom Erzählen
geworden ist und sich keinen Millimeter
von der Stelle rührt wie damals
als die Zeit verging
in der Stunde zwischen Wolf und
Hund

Wo war ich, wie ich war

Da war diese Sache,
gerade hier in Reihe 27, Platz C.
Irgendwie muss ich herunter geschaut haben.
Da war es da. So was wie ein Einfall,
eine nicht zu Ende gebrachte Formel.
Alter Kaugummi, irgendetwas,
was dem Lauf der Zeit abhanden gekommen war
und sich wie ein Beißholz
zwischen die Sekunden geschoben hatte.

Nein, nicht das, nicht die Frau, die neulich nachts
vor der Brücke zum Bodemuseum
neben ihrem Fahrradboten stand.
Und ihren Kopf schüttelte,
halb empört, halb verwundert
warum gehen Sie denn jetzt nicht mit?

Nein, es war etwas Kleineres,
zunehmend Unsichtbares,
vielleicht ein Übersetzungsfehler,
der still ausgebessert wurde und
dann war das Werkzeug unter den Tisch gefallen.
Wie Plastikabfall, *spazzatura*, ladies and gentlemen,
we are now beginning with our landing.
Andere beginnen sich zu lieben,
lovely weather in Zurich.

Ein Hund und sein Gegenteil

Es ist nie zu spät für ein Gespräch
immer fehlt die Zeit zum Sprechen
wir sprechen unermüdlich und
es gibt die Zeit zu sprechen zu essen
zu scheissen zu schreiben zum Kuckuck
wenn wir keine Zeit mehr haben
werden wir an die Gespräche denken
die wir vergessen haben
die wir nicht geführt haben
die wir geführt haben und vergessen haben
die wir hätten führen sollen
wenn wir gewusst hätten
dass es irgendwann diese Gespräche
nicht mehr geben wird
nicht hier in den Auen
nicht in der Lobby des Grand City Hotels
in dem die Geliebten mit übereinander geschlagenen Beinen
dem *intercourse* gar nicht mehr
beiwohnen
nicht im verwilderten aufgeschütteten Garten nebenan
nicht im Pfeil der uns aus der Zeit befördert
hinein in das Land in dem Milch und Honig
fliessen und versiegen
in dem wir sein werden und vergangen sind
in der ein Hund ein Hund ist und sein Gegenteil
unser Gebiet in dem es Zeitbanken geben wird
mit Konten die leer sind und brechend voll
mit dem Einzigen das es nicht gibt

Das hier ist Asche

Zwei Tulpen im Glas, da ist nicht viel Gelb zwischen
den Häusern auf dem Rotweißtischdeckenkarree. Aber
wenn das Licht umspringt und das Ampelmännchen
sich einreiht in die Karawane der Kinder, Esel,
3tagebartväter und Günaydın S. aus der Forsterstraße,
ist endlich Nachmärz, Vorfrühling.

In der Republik der Frauen lernt man die Zubereitung
von Zitronensorbet, hier sorgen Orangenschalen auf
dem Heizkörper für höhere Luft. Keine Blüten, nur Flocken
Asche fand ich von dir, zwischen dem Stapel Bücher
und *Mish*, nieder gehalten von den Figuren
des Schönen. In den Morgenzeitungen steht nichts.

Alles könnte mit *Aah* anfangen und bei *Uuh* enden,
aber es beginnt nichts und *das* hört gar nicht mehr
auf. Was immer schon da war, weht immer wieder.
Es ist wie das Klingeln an der Tür: wenn du öffnest,
ist niemand mehr da. Außer einer Spreu Asche.
Tulpgelbe Blätter im Montaglicht vorbei fahrender Wolken.

Böse Scheibe

Was ich dann sähe
wenn ich die Augen endlich öffnen würde
es wäre alles
(rein chemisch 9$11ct,
die Spuren Menschlichkeit mal aussen vor)
und nichts
(ein Trugbild,
nicht einmal gut ausgeleuchtet)
jedenfalls nichts Gutes
ein hartes altes Kind
das seine Bitternis
nicht für sich behält
sondern weiter reicht
bis auch das Wasser bös wird
und telegrau
wie die zunehmende
Ausdünnung oberhalb des Schläfenbeins
bös wie ein Zeichen aus der Hölle
die im Hinterhof gleich neben der Treppe beginnt
ein Vogel zieht darüber hin
einer mit einem seltsamen Schwanz
wie bei einem Paradiesfasan
ach Gott
deine Vergleiche
hinken auch nicht schlecht

Ich meine dieses Näheding

Spürst du wie die Batterie sich langsam wieder
auflädt draussen schlenkern die Gewichte gegen
den Sinn gegen das Grün des Affenbrotbaums

an diesen Gewichten hängt ein Seil
lose in den September gelassen
wie das Pendel von Foucault

verstehst du das? Die Erde dreht sich
doch mit ich meine es ist als würde
ein stecknadelkopfgroßer Lichtpunkt auf dir liegen

und ich wäre dir so nah wie die uns dann
umgebende Dunkelheit im Studio
und du würdest exakt zurückkommen

Neue Bewegung (Brief aus Badwater)

Einigen Arten gewährt das Salzwasser ein gutes
Auskommen. Algen. Salzgras.
Es ist ihre private Welt.
Die Krabbler sind vermutlich Insekten und ihre
Verwandten. Sie gelangen hierher mit dem Wind,
auf Flügeln, mit der Flut.
Manchen sagt der Pool zu. Und sie gedeihen.
Die meisten nicht.

Bunter, süßer Reis

Zu einer Zeit als ich nachts in den
schwarzen Wirbeln des Nichts unterwegs
war und Tonbandstimmen aus dem All
hörte. Die Stimme meiner Großmutter
am Bett, welche die Litanei zu Ehren
unserer lieben Frau mit dem Jesuskinde
über mir glatt strich, war
ruhig.

In diesen Tagen stand der Schreibtisch
rechts und die Truhe mit den Geheimnissen
passte hinter die Tür.
Bis einmal gegenüber im Kleiderschrank ganz
unten in einer Ecke hinter den Socken
ein paar Schächtelchen auftauchten voll mit
buntem, süßen Reis.

Es gibt helllichte Tage, weit entfernt
von allem, was ich damals kannte, da
schließt es mir die Augen zu. Und ich
muss in den Schrank kriechen, weil
ich weiß, dass da unten irgendwas
herum hüpft, knisternd, süß und sauer zugleich,
mein Reis der Kindheit.

Der Krieg

Wie sollen wir das machen, fragen die Eltern.
Wir sind alt, wir können bald nicht mehr.
Wenn wir weg sind, wird alles vorbei sein.
Nichts werdet ihr haben. Nichts wissen.
Wie sollen wir dann gehen können.
Was schenken. Wir möchten euch doch
so gern was schenken. Damit ihr an uns
denkt. Wenn der Krieg vorbei ist. Die
Polen haben Glück gehabt, dass wir ihre
Westgrenze besetzt haben.

Verlassenheit mit Ziel

was Muttchen will das ist Madrid
was soll ich dorten ringeln

12 Glas 9 Fadn das wars im Schnitt
den Mai hindurch beim Tingeln

vergiß mein nicht
was ist
was Mensch ist
zuviel Selbst

Day Pass

Mein Datenvolumen ist verbraucht. Verbleibende
Zeit, 0:44 Stunden. Was ich tun würde, wenn mir
44 Minuten blieben, im *Chemin de fer* von La Cure
runter an den See? Der Waggon voll mit Paaren, die
schweigen, Bergwanderern, die nicht aufhören
zu sprechen, leise, zugewandt. Einer, mit
schiefgrauem Haar und einem halben
Lächeln, das nicht mir gilt, sondern der Frau ihm
gegenüber, deren Gesicht vielleicht gerade eben
leuchtet. Die

Mädchen, Anaïs („irgendwas mit Blumen")
und Louve, die Wölfin, haben ihre Daumen
im Mund und schlummern.
Soll ich ihnen leise sagen, dass meine Zeit bald um ist?
Alle anrufen, denen ich je geschadet habe? Dafür
ist das Netz nicht stabil genug. Über dem diesigen See
steht eine einzelne weiße Wolke, unbeweglich, wie das Gesicht
des jungen Mannes, der etwas von einem Blatt
abliest und in die Tastatur hackt. Sollte ich ihn
einmal, ein letztes Mal küssen? Die

Wolke ist keine Wolke, sondern ein weiß
glänzendes Gebäude, flach wie ein Flugobjekt, nun
werde ich doch von Aliens gerettet. Der See ist die grüne,
fruchtbare Ebene oberhalb des Sees. Wie

habe ich mich nur so irren können
in diesen Minuten, die mich
von La Cure weg bringen,
die mir davonlaufen,

während wir La Chèvrerie passieren
habe ich den jungen Mann geküsst und bin
weiter durch den Zug gegangen
ohne Gepäck an den Ziegen vorbei
auf die Westalpen zu jenseits
des Sees

Gesums auf sein Messer

Mit der Handkante öffnete ich
in dem kleinen Cafe
an der Ecke die Sonntagszeitung
wie ein Zauberer ohne Trick
überblickte kurz das Interview mit Hassan
das ich wegen der vielen Brötchen
für meine Großfamilie nicht festhalten konnte
ich weiß nicht was Glück ist
also bat ich den blassen Mann der dort
handgemachte Pastete und Torten und
ein paar Flaschen Médoc verkauft
mir die Zeitung zurückzulegen
für Montag ja mach ich schreibs mir auf
kein Problem   er hats vergessen
seine Augen sind sanft durchstöbern
nochmal die beiseit gelegten Blätter
vom vergangenen Wochenende das sonnig war
die Zeitung ist schon im Müll der heute geholt wurde
aber ich kriegs raus fisch mir Hassans Sätze
die ich lesen wollte aus dem Netz
weil ich wegen der vielen Brötchen und
dem einen Scone alle Hände voll zu tun hatte
in der einen liegt nun sein Messer als Geschenk
mit der anderen find ich selbst heraus
was für mich richtig ist.

e.g.

Mild und milchig lenkt der Tag früh ein
rutscht vom Dach herab über das
Riesen-T-Stück der Antenne
die Kurzwellensignale empfängt
von Hilversum

Grau und Nässe und Möwen
mit blutverschmierten Witzen an den Schnäbeln
überfallen die immergrünen Abhänge zu den Höfen
Push bar to exit an den Gattern die nirgendwo
hinführen tageinschwenk rein in meine Kabine
in der Feuchte hängt
die pocht an meine Brust und als der Morgen loslegt
den Schleier über den weiß gestrichenen Häusern
zu lüften
sind die Rosensträucher noch im Schlaf
und Saubermachfrauen schlurfen vorüber
die Haare gezähmt und stets auf der Lauer
nach dem Entzücken der Frühe
so ist nun mal das Leben
eine salzige Pfütze auf dem Flur eine Postkarte
an der Wand
Kritzeleien und winzige Strukturen
von Gesicht und Vergeltung
und Sorgfalt
die du fast entziffern kannst
als gar kein Gedächtnis

nur als sein Traum vom blossen Sein
aber es ist da
nur warum es so ist
versperrt in dem glimmenden Licht
in der fummeligen Leichtigkeit
die vom Meer kommt
dieses Verständnis davon
das ich nicht hinkriege
so wie du
die immer wieder das Gegebene
zu lesen bereit ist

Un soleil orange, un tunnel bleu, de l'herbe verte

Du sitzt am offenen Fenster, den Blick
blank aufs Papier gerichtet. Da spielt sich
nichts ab. Eine weiße Fläche, terra incognita.
Albrechts Teerofen und die helle Raute ist
das neutrale Gebiet
in der Wüste Nefud,
das mein Begehren weckte und kein Lehrer
uns erklären konnte. Wie die Wüste Mark.
Hic sunt leones, die kommen später dazu,
aber jetzt, in diesem beobachteten Moment
voller Betrachtungen (woran denkst du?
an nichts)
haben wir plötzlich Sonne.
Und sichtbar: Sonnenstürme, die in den
kleinen Stunden in deinen Träumen wüten.

Unter der Sonne steht eine Tür, die in eine Art
Tunnel mündet, in dem das Licht sich würfelt,
als wäre hinter der Tür, die sich dem Tunnel
öffnet, eine weitere Tür, die.
Zwei Farben Blau.

Um dorthin zu gelangen, zum blauen Tunnel,
der von hier aus gut zu sehen ist,
können wir beruhigt unsere Schuhe abstreifen,
sagst du. Damit die Löwen uns nicht hören.

(für V.)

Kavka werden

Früh hinein geflogen in den Park, das verlassene Flugfeld für
Rosinenbomber und Charterjets nach Brüssel, die aussahen
wie schwere Riesentauben, silbrigweiß strahlendes
Gefieder, *full paper jacket*, gespickt mit Post für Europa.

Helle Seide liegt dicht über den Wiesen zwischen den *runways*
unter der Discokugel, die ganz allmählich von Treptow her
über die Spree blinzelt. Dass hier Feldlerchen brüten können
in den Graskuhlen: köstlich ziepende Mäuler.

Jede Schicht dieses Flugbilds hat ihre eigene Idee
vom Leben. Würmer und Tau sprechen aus Wiesen.
Der Nebel, von den Tänzern dieser Stadt.
Die wärmeren Lagen, von noch zarteren Übergängen.

Die Ballonhalle wird umschwirrt von frühen Vögeln,
am alten Hafen sammeln sich die Träume Neuköllns.
Wer will da stören, wer rufen *Allahu Akbar*?
Mein Gebet ist in Arbeit, ich schwebe dahin.

Wäre ich ein Mensch, säße ich hier bei den Hähnchenflügeln,
scharf angebraten. Einmal angebissene Schokomuffins
noch ins braune Papierförmchen gefaltet,
achtlose Nitrosamine, weiße Bohnen in Tomatentunke.

Es gab eine Zeit, da tötete man uns, mit einem Biss
in die Schläfen. Männer, die sonst Fisch aus dem Haff
zogen, saßen da in ihren zerzausten Feldhütten
und lockten uns mit Goldmais und zahmen Artgenossen.

Unsere Schnäbel haben das nie vergessen. Wir sind
euch nahe, wir müssen euch hassen. Die Bäume vor
den Häusern sind voll von uns. Die Wiesen, unser *Tischlein
deck dich* mit allem, was der Überfluss übrig lässt.

Ein paar von uns sind immer da und schauen euch zu,
beim Spazierengehen, beim Picknick, wir kommentieren
euer Gelächter mit unserem Lächeln. Da seht ihr erst,
dass man uns beruhigt ein Kind anvertrauen kann.

Tische mit Kaffee und Dohlen. Hugin und Munin warten im
Gehölz auf Geschichten. Die Clique Saatkrähen auf den Kämmen
umgeschmissener Felder. Unsere Familie gleicht den Spatzen
in den Büschen vor euren Schulen. Wir bleiben, wenn

die Blätter fallen auf einen Haufen Kleidung im abschüssigen Teil des
Parks, den ich jeden Sonntag überfliege, bis aus dem Haufen einer von
euch, der Parkschläfer, heraus kriecht. Solang der da wohnt, so lange
könnt ihr euch eurer Behausungen sicher sein. Seid ganz ruhig,

was habt ihr zu befürchten, dürfen wir endlich hinein? Ah,
da sind wir nun, lasst uns ein wenig zur Ruhe kommen.
Sind lang geflogen für diesen Moment, diese Ankunft, für diese Freude
unser Werk mit euch zu vollenden, sind flügelmüde.

Ich erinnere mich an einen gelbgrauen Nachmittag über
den Rheinhäfen von Karlsruhe. Der Himmel war schwerer
als Luft, wir waren gut verteilt in den Kränen, warteten
auf den Simsen der Lagerhäuser auf den Schießbefehl.

Wir haben keine Anführer. Jeder beobachtet. Jede kann alles. Stellt euch
das vor: Schwärme von Krähen, Raben, Dohlen ohne Staffelführer. Auf den
Wasserflächen schaukelten die Möwen und lachten. Es ist nicht so, dass
wir unsere Genossen nicht schätzen. Dann und wann

brauchst du ein Zimmer für dich und die deinen. Was habt
ihr Weißen da unten am Fluss zu schaffen? Reicht euch
das Meer nicht? Haben wir eure Strände belästigt? Sind euch die
Fische davon geschwommen? Wir können euch nicht h-ö-r-e-n.

Es dauerte nicht lange und wir waren unter uns, am Rhein, waren eins
mit der Natur, mit der Natur des Menschen, graubraunschwarzblau.
Bald zogen die meisten von uns weiter. Ich frage mich manchmal, wie
es den Brüdern und Schwestern von Karlsruhe geht. Ja,

nicht ködern hättet ihr uns sollen, sondern anfüttern, bis wir
euch trauen, bis wir an eurer Seite hätten bleiben können. So
bleibt es dabei, dass wir an Stelle des Schläfers im Park uns lösen
und aus seinen Lumpen steigen. Doch das ist aller Anfang. Es gibt

Nachrichten aus Moskau. Wie ich höre, haben Anton, Michail und
ein paar andere es zu einer Schneerutsche gebracht. Im Dachknick
zwischen zwei Häusern haben sie den Schnee mit ihren Flügeln
zu einem Brett geklopft. Sie rutschen einer dem anderen

nach, lassen sich fallen und öffnen ihre Flügel. Das freut die Kinder,
die noch mit Eisbällen nach ihnen werfen, und vorbeiwandernde
Nervenärzte, die an einen Kuss denken, den letzten Walzer
oder daran, dass nur der Walzer und der Frühling aufrichtig sind.

Auf der Jagd

wenn du denkst
dass das was du
da liest ja
eigentlich genau
du bist
dir gehört
deins ist
dann denk daran
was Nizon gesagt
hat dass das
was du schreibst

ist

kino

Film ohne Tonspur

Modellverschiebung (511)

Wir fahren mit dem Auto
durch enge Gassen
drücken uns an die Wände
der alten Stadt die in den Hügeln
liegt wie eine junge Schlafende
fahren an der *crew* vorbei
die auf das *catering* wartet
das schon wieder zu spät kommt
offene Gesichter von Haaren umklammert.
Gesichter die ich glaube zu kennen.
Kostüme die weniger historisch sind
als den heißen Winden angepasst
die von den Hügeln jäh in die Stadt
einfallen.

Da erwischt mich ihr Anruf
an der tiefsten Stelle der Stadt.
Ich höre nicht auf zu fahren
an den letzten Gesichtern vorbei
die gezeichnet sind von Mittagshunger
vielleicht einem Kopf mit rotblonden
Haaren einem Gesicht das so nah am
Seitenfenster vorbei fliegt wie ein Ballon.
Ich nehme ab.

Ob ich wüsste wer dran wäre
fragt sie. Ja will ich sagen.
Sage nein.

Ich... ich fahre weiter kurve durch
Gassen die sich zu kleinen Plätzen
buchten aus denen neue Wege sich
öffnen von denen bekannt ist
dass sie kurz sind.

Sie fragt ob ich das Buch kenne
ihr Buch. Alle ihre Bücher sind
bislang verfilmt worden helle
freundlich traurige Filme die
bei Tag spielen. Selbst wenn sich
im Abend die Körper
ineinander verkeilen bleibt
das Licht seltsam tagsüber.
Bei diesem Buch sagt sie
soll das anders werden.

Same old story same old shit.
Ich höre nicht auf zu kurven
die Gassen öffnen sich. Die Reihen
der Häuser bekommen Lücken
durch die man auf andere Häuser
sehen kann. Und vereinzelt Pinien.
So riecht die Wärme des zu früh
gekommenen Sommers. Dieses Buch
sagt ihre Stimme hat eine andere
Farbe. Drei kurz drei lang drei kurz.

Sie erzählt wir fahren und es
kommt mir vor als wäre dies

etwas Neues eine neue Erzählung
ein neuer Stoff der Fahrt aufnimmt.
Wie ein Kind das beim Radfahren
die Augen schließt. Und sagt du.
Weißt du. Ich kenne fünfzehn Arten
Fahrrad zu fahren.

Der siebente Tag

6

Iss
Wir müssen essen
Die Kartoffel bleibt hart

Das Pferd steht im Stall
Sein rechtes Augenlid hängt
So wie das Lid des Achtundfünfzigjährigen
Der die Holzwürmer nicht mehr hören kann

Die Glut ist verloschen
Was ist
Was soll das bedeuten
Hol die Glut

5

Sie kommen zurück
Habens versucht
Zuletzt waren die Ohren des Gauls zu sehen
Wie sie hinter dem Hügel verschwanden
Sack und Pack waren schon auf dem Handkarren
Und Pálinka
Das Pferd hat keine Kraft mehr für den Pferdewagen

Pálinka hol den Pálinka
Die Tochter sagt dem Pferd
Bitte
Du musst essen

Hebt den Eimer mit Wasser ans Maul
Spritzt ein paar Tropfen hoch
Man kann es sehen und hören
Das Wasser

4
Der Wind
Der Wind stößt den knochentrockenen Staub
Vor sich her
Wirbelt aus immer der gleichen Richtung
Nichts
In Richtung Nichts
Gegen den Mann
Gegen das Haus
Gegen die Tochter

Für einen Moment riecht es nach Tränen
Aber es kommt nichts
Nur Wind
Sie verriegelt das Tor zum Stall
Auch das Pferd frisst das Nichts

3
Fertig
Die beiden Kartoffeln
Dampfen
Der Achtundfünfzigjährige zieht die Haut
Mit den Fingern ab
Isst mit den Fingern
Sie auch

Nur feiner
Beide haben den Kopf gesenkt
Etwas Salz
Streut nur er
Immer an die nördliche Stelle neben der Kartoffel
Die zu heiß ist
Heißer als die drei Gläser Pálinka an jedem Morgen
Zwei er
Eins sie
Trinken
Sie
Er
Da ist der Brunnen längst trocken

Verhext von den Zigeunern
Die Halt machen mit ihrem Doppelspänner
Auf dem Weg nach Amerika
Komm mit nach Amerika
Sein Beil hat was dagegen

2
Das Schlimme ist
Dass die Guten Aufrechten Schönen
Es gar nicht merken dass sie verloren haben
Verloren sind
Der Mann hört dem Bauern lange zu
Ach Blödsinn
Auch dieser Gast hat es schwer mit dem Orkan
Der seit dem ersten Tag heult
Als würde er alles mit sich fortreißen
Blätter Dachziegel Boden Licht

1

Seitdem der Mann
Durch den Nebel ist
Mit dem Pferd ist
Durch den Wind ist
Vor der Tochter steht
Am Tisch sitzt
Die Kartoffel isst
Das Licht verlöscht
Solange dauert der erste Tag

(nach Béla Tarr und László Krasznahorkai)

Was ich sehe

Einen Lampion, einen Fuchs, die Wälder
und zwischen ihnen eine Brücke. Der Tod
deines Kindes fasst mich nicht mehr so an wie
beim ersten Mal, aber
es geht mir wie dir, Charlotte: ich höre es
in irgendeiner Höhle tief verborgen schreien.
Es ist ein kleiner Schrei, aber von dem Schrei
wird Vincent wach, zumindest hustet er.

Im Haus schräg gegenüber könnte es
auch schreien, ein Mann
gegen eine Frau. Aber es ist nur die Anrichte,
ein weißes Möbelstück an der Wand
gegenüber. Ich wundere mich, wie schnell
ich aus dem Wald in die Stadt
zurück
gekommen
bin.

Ein Ruck geht durch das Zimmer. Es blubbert,
das ist der neue Luftwäscher. In den Häusern
der Nachbarschaft knipsen die Leute die Lichter
langsam
aus.
Wie einen Weihnachtskalender, dessen Türen
sich wieder schließen. Schokoladenfiguren,
einfach weg.

Um 00h01 höre ich den Beep. Das ist
mein Posteingang. Die Wohnfreunde gratulieren,
das ist eine Bude im Internet. Wir haben dort
den Gasherd bestellt oder das Waschbecken
dabei
dabei bin ich
dabei bin ich gar nicht hier.

Und weiterhin viel Erfolg. Ich hätte Lust
eine Krone zu malen. Aus bunten
Holzperlen.

Köpenick E.R.

Badeschiff, ich sags dir,
man schwimmt in
Kreuzberg

Durch ein paar Streifen
americana und Spanisch-Neukölln.

Brocken. Reifen. Zeit für ein
paar richtig gute Sätze

Französisch, le mépris?
Fatal... du technicolor, sur

L'écran le revolver le
bateau la tragique histoire

La vengeance la mort
l'amour du technicolor.

La caresse, fatal.

Und dann schwimmt kaum
einer! Die Villa Malaparte

An den Flutgraben geholt
hinter der Halbinsel hat
jemand

Die Sonne schon herunter
gezogen. Lass mich treiben.

Blondinen überall. Ahh. Die
Haare hochgesteckt, wo haben die
das bloss her?

Those tall skinny blondes,
heels high as steeples of
cork.

Those moustaches,
somewhere central,
smoking for a long

Decent shave. Remember? I
am you –just with a vagina,

Overnight to many distant
cities. And here is my
island,

My kingdom of coke, les
promenades. I smell
charcoaled

Cross-striped musculature.

Tell me: into which decade
the cavalry virtually

Is riding? Guess, it's still
Elizabethan,

Though I've always preferred
Princess Margret.

Her Royal rose had a different
complexion and

Consider her regatta of sad
boats.

Sunrise Avenue

Ein paar Stunden nach der nautischen Dämmerung
ist die Stadt sehr ruhig geblieben. Einige lesen,
hier und da brennt Licht. Der Damm diesseits
des Mittelstreifens ist leer. Ich weiß, wo ich bin.
An der Anzeigentafel der C-Halle steht *Sunrise Avenue.*
Das *v* ist ein bisschen nach rechts gerutscht. Auf der
gegenüberliegenden Strassenseite
hat ein Bus halt gemacht, Dänemark? Die Tür geht auf
mit einem Zischen, niemand steigt aus.

In diesen Stunden ist die Stadt wie ein kleines Kind. Sie
hat Arme, zu begreifen, und Beine, um loszugehen. Alles
schon da, schnelle Neuronen, langsame Skripts, Lidzucken
und das letzte Ruckeln der Alphawellen im Schlaf.
Hormonstürme und Morgenregenschauer. Aber die Stadt
will nicht.

Sie lässt mehr Platz für andere Dinge, Figuren am Rand.
Für Zapfsäulen und Peitschenlampen, Müllkästen und
Ordnungshüter, die früh zwischen zwei Autos stehen, die
sich verhakt haben, am Platz der Luftbrücke.
Die Bewegungen sind langsam, die Polizei hört zu, schreibt auf
... kann mir mal einer n Kaffee holen?

Auf einem winzigen Rasenstück vor dem *Burgerking*
ist eine Astronautin mit schwarzer Bobfrisur gelandet und
wartet. Sie wippt leicht und hat die Hand ans Ohr gepresst.
Alles um sie herum ist weg geräumt, ein Anti-

Bombenkommando liegt irgendwo auf den Dächern,
zwischen Autoreifen,
hinter Aufstellern für Spezialmenues, in Deckung.

Wenn sich die Stille
des Morgens langsam um meinen Nacken legt, fahre ich
zwischen den Bäumen durch und stelle mir diesen Fleck
Rasen vor wie er vor einer Stunde da lag.

Als das endlich im Kasten ist,
drehe ich meine Armbanduhr
zwei Stunden zurück. Das Rasenstück,
schräg beleuchtet von Tankstellenpreisen.
Vor drei Stunden ist der Raureif noch
stärker gewesen.

Vier Stunden von hier aus habe ich in den Handkehricht
der kleinen Stunden geblickt, in die Ordnung der Dinge und
Menschen, die in ihren Zimmern schlummern oder sich
durchnäßt bis auf die Herzhaut auf den Tag
in der Traumfabrik einstimmen. Mit einem Summen
im Ohr, einem frühen Film ohne Tonspur.

Hab' keine Quitte mehr

Hab' keine Quitte mehr
Keine Quitte mehr
Hatt's schon fast vergessen
Schon fast vergessen
Als hätt' ich's schon mal erlebt
Die Zeit vergessen
Und die Zeiten verloren
Wie Stunden die nicht
Nach dem Grunde fragen
Dem Grund des Herzens
Auf dem ein Kuss wartet

Hab' keine Quitte mehr
Hab' keine Quitte mehr
Hab' keine Quitte mehr
Keine Quitte mehr

Kann dir nur anbieten
Die Perlen als Regen
Venuslandschaften
In denen es niemals
Regnet sonst
Ich durchkreuze die Erde
Bis vor meinen Tod
Bis mein Körper leuchtet
Und du zur Königin wirst
Aus Liebe zu deinem Abend
In deinem Abendkönigreich

Hab' keine Quitte mehr
Hab' keine Quitte mehr
Hab' keine Quitte mehr
Keine Quitte mehr

Hab' keine Quitte mehr
Und nur Zeit gehabt
Dir zu erfinden Worte
Ohne Sinn
Die nicht mal sprechen
Einfach sind
Geliebte sind's
Einmal zweimal herzen sich
Und aus Erinn'rung singen
An König Tod und wiederum

Hab' keine Quitte mehr
Hab' keine Quitte mehr
Hab' keine Quitte mehr
Keine Quitte mehr

Man hat nicht oft gesehen
Das Feuer eines fremden
Vulkans der auf einmal
Erwacht
Erwacht und so die Erde
Brüllen lässt
Zum Beispiel im April
Viele Nächte mussten kommen gehen
Dass der Himmel flamboiert

Und Rot und Schwarz sich mischen
Zu einem Quittenpaar

Doch hat es keine Quitte mehr
Hab' keine Quitte mehr
Hab' keine Quitte mehr
Keine Quitte mehr

Hab' keine Quitte mehr
Weiß nicht ob Regen kommen wird
Weiß nicht ob's was zu sagen gibt
In meinem Eckversteck
Weiß nur dass ich dich tanzen will

Weiß nur dass ich dich lachen will
Du lass mich nur im Schatten hier
Im Schatten deines Schattens
Im Schatten deiner Hand
Im Schatten eines Hunds

Wuchs keine Quitte mehr
Hatt' keine Quitte mehr
Hatt' keine Quitte mehr
Nun deine Quitte hier

(mit J. B.)

love thirty
first question
love forty

how was your day
fine thank you

do you like kissing
yes

whereabouts do you live
i live in neukölln like david bowie used to

how do you feel
i hate you all

what do you want
i want to collect stories

what do you do for a living
whose living

do you live here
no i live in my car

how do you live
i have one room and a toilet indoors

what is your favourite animal
flipper ... no ... hang on ... my father ... and my mother

are you tired
a little

do you love your parents
i could smack his face ...just what he did to mom

how was your weekend
i played soccer and it did not rain

is he circumcised
i dont know

what is your favourite thing
a ... vessel

what do you do
i dance i wish i could have a baby

and you ... what do you do
i digest

are you happy
what do you think

how is it
i have to take this three times a week and i feel sick

how do you feel
i feel ... nothing

what do you love
nothing ... but my son

did you like his birthday present
i found it a bit tactless

how is your job
i hate it

so ... what do you do
i dont write poetry

how is it going
i am happy ... very happy with my new lover

what do you think about this piece
it dosent smell

what are you looking for
searching is a waste

do you like her
mmmh ... ya

do you like him
from time to time

whats the time now
oh ... its ...

Komm küssen, komm üben

Heute sah ich den Sänger Tomte
am Kanal stehen und üben. Er
stand da vor einer Bank und
schaute rüber auf das andere Ufer
und übte. Ich habe sein Instrument
nicht gesehen, aber es sah aus als
würde er üben. Er hatte diese Probe am
Ufer und wenn man genau hinsah
bewegte er die Lippen. Genau wie
das Paar, das mit geschlossenen
Augen vor einander sass und sich
fast küsste. Es gibt Forscher, die
haben herausgefunden, warum
wir die Augen schließen. Beim Küssen.
Nicht alle tun das, die beiden auf
der Ufermauer des Kanals sahen
nichts. Vielleicht war es das, was der
Sänger übte. Alle fünf Meter sassen
junge Männer mit Gitarren und jüngere
Frauen im Schneidersitz. Nicht alle
küssten sich als ich die Parade abnahm,
an diesem Abend, der uns so unerwartet
den Sommer brachte. So unvorbereitet
die Haut, die zu frösteln beginnt, um
selbst das bisschen Wärme zu produzieren

Tronies

Nudelsuppe nach Pol Pot

Herr Chan ist Straßenverkäufer. Obst
vielleicht oder geröstete Zeitungen. Seine
Eltern werden von ihm getrennt, er läuft durch die
liquidierte Stadt. Nach Wochen trifft er
seinen Vater. Wieder werden sie getrennt
und er muss mit seinen Geschwistern
in den Dschungel. Er ist 4 und 6 und 7.

Als die Vietcong das Land von den Kommunisten
befreien, findet er seine Eltern. Sie sind alt
geworden, vielleicht 50. Seine Schwester
kommt zu ihm mit ihrem Mann.
Zur Pflege.

In der Nacht bevor der Schwager stirbt, fleht er
ihn an um eine Schale mit Nudelsuppe.
Einmal wird Herr Chan von den Khmer
zum Tode mit der Axt verurteilt. Wegen Viehdiebstahl.
Aber es wird nichts draus. Genau in dem Moment stürmt
eine Rinderherde den Platz. Jahre bevor
der Schwager mit einer Schale Suppe im Bauch
gestorben ist.

Battambong

So wie ich, wie einer der Misfits, denen das
Leben in Phnom-Penh einfach zu teuer
geworden ist.

So wie ich, einer der Tänzer Apsaras. Es gibt
kaum männliche Tänzer. Wir stellen
6 Charaktere dar, den Mann, die Frau,
den Geist, das Monster, den Affen und
den Büffel. Meine Eltern machen sich lustig
über mich. Sie sagen, heh, bist du nun
eine Frau geworden? Aber das macht nichts,
denn ich stelle immer den Affen-Charakter
dar.

So wie ich.

Lê Q.

Sprechen wir mit Blättern im Mund
zuerst die Stimmen der Zeichner
die Zeichnungen nachzeichnen als gezeichnetes Wort
das Gewehr das Reisfeld die Lippen
ein Nachmittag in der Hängematte mit
Radio im Schoß die Stimmen entstehen in den
Stimmlippen
aus der Scham durch die Luft die zwischen Zunge und
den Blättern hindurch geschoben wird
sehr fein und erbarmungslos
wie unsere Feinde durch den Regenwald
gekommen sind die Sieger lernen im Schatten
lautlos
geht der Pinsel über die Haut die
zu viel gesehen hat Tod Zähne
den abgerissenen Arm in einer wasserdichten
Camouflage

Offenes Atelier

Im Kölner Dom bin ich
nur ein Klumpen Fleisch. Von

den verwirrenden Gesichtern, die ich
sammle, ist keins wie deins.

Blutjunger Stern im komischen Nest.
Heller als Sonnen und nicht

gerade arm an bunten Metallen.
Salze rühren mich. Und dann

ist es höchste Eisenbahn für
deine weißen Brüste, Jesus Christ.

Goldfarbene Knöpfe mit Anker

Mein Auftrag lautet: Wolken weg schieben.
An der Bushaltestelle vor dem Schwimmbad
steht eine blonde junge Frau
auf Zehenspitzen. Sie trägt
schwarze Strumpfhosen,
aus denen Lycrawellen kommen bis
zur Mitte des kleinen graslosen Dreiecks.
Auf ihre Wangen tupft Kälte,
wenn sie auf und ab federt.
Plakate ankleben verboten.

Alle anderen, der Unrasierte
im blauen Bootsmannmantel,
die Lächelnde unterm rotweißen Tuch
der ersten Intifada, die Frau auf dem
pinken Sportrad, haben sich
ein und dieselbe Gesichtsfarbe besorgt.
Ein Schnäppchen im Winter, der sich eingerichtet hat,
zu bleiben. Alt werden wird billiger,
es kann uns schräg von vorn erwischen,
aber immer häufiger von links.

Zuhause steht ein Teller, auf dem
hellgrau gewordene Krumen und
länglich-schwarze Olivenkerne liegen.
Auf dem Tischtuch ein gepunkteter Rand Rot
– war mal ein volles Glas Malbec –
vor der Wand mit Ansichten von Suppenhühnern,

Petersburger Hängung.
Jeder von uns hat einen Platz in der Geschichte,
steht auf dem Zettel, den ich zwischen meinen
sechs Beinen fand, *deiner ist in den Wolken.*

Bar Lon

Seit einem Jahr sind wir unterwegs. Der
Flieger landet. Die langen gebohnerten Korridore
zwischen den Terminals. Laufbänder verschwinden
im Boden. Draußen, hinter deinem Gesicht, das
sich wie Barbie im Fenster spiegelt,
sieht man den Regen
des Südens.

Dahinter ist nicht viel. Auch als wir im Bus
sitzen, der uns ins Zentrum bringt, werden
wir aus der Stadt nicht klug. Avenidas, leer
gefegt. Männer, die sich gegenseitig stützen.
Wir leben in einem Zimmer mit vier
Betten, es zieht, wir öffnen den Fensterflügel.
Ein kleiner Balkon hängt über der Kreuzung
freundlicher Palmen. Palmen wachsen
auf den Dächern. Unsere Köpfe liegen
auf dem Putz, der schmierig und grau
ist vom Ruß der 36 Jahre.

Am Meer knacken wir die Schalen der letzten
Tiere und setzen uns zur Ruhe.

Raum, Schachtel, neue Heimat

Die vorliegenden Gedichte beziehen sich auf Orte, die ich seit Jahren versuche aufzuräumen: eine Straßenecke, an der Wolken vorbeifahren. Der wiederkehrende Traum. Eine Inschrift im Death Valley. Ein Hohlraum, den die Bleistiftspitze im limbischen System hinterläßt. Kindheit in der Republik der Frauen. Eine Raststätte an der Datenautobahn, die Westgrenze und so weiter.

Kein Zweifel, es gibt diese Orte, aber es ist wie mit der Betrachtung von Sternen: was wir leuchten sehen, ist womöglich längst erloschen.

Film ohne Tonspur

Wenn wir beginnen über Filme zu sprechen, wird es gefährlich. Wir erinnern uns nicht richtig. Reden uns um Kopf und Kragen. Stecken Killer ins falsche Kostüm. Schiessen quer. Kleben Filmsekundenbilder an den Arbeitstag. Dialoge werden ungenau übersetzt. Stars verlassen die Leinwand, Filmriß.

Und doch hat sich alles genau so zugetragen: tagtäglich in einem Wust von Filmen stecken, ohne das Drehbuch zu kennen (Weissner, 1983).

Tronies

In der niederländisch-flämischen Malerei ab dem 16. Jahrhundert setzten sich Tronies (fig. Miene, Fratze, Kopf, Type) in der Tradition von Musterbüchern von den reglementierten Auftragsportraits ab. Nun war es den Malern möglich, so etwas wie Charaktereigenschaften oder Seelenzustände als Maske aus der Konvention herauszuführen. Im kleinen darzustellen, was die Welt im ganzen durchwirkt (Gottwald, 2010).

In dem Film „Portrait Series Battambang" (2012) von Michael Laub werden Menschen gezeigt, die in Kambodscha leben. Einige von ihnen haben die Roten Khmer überlebt, andere sprechen über ihr Leben als Nachtwächter oder Sexarbeiterin, einige kichern, andere fangen beim Sprechen an zu weinen.

Als ginge es nicht darum, die Wahrheit zu sagen, sondern als würden die Gesichter in eine Syntax des Austausches zwischen sich selbst und der Welt eintreten.

Gregor Mirwa, 2017

Bilder:

Michael Laub / Ebru Karaca

Gregor Mirwa

Inhalt

Reihen im Leipziger Literaturverlag

- Neue Lyrik
- Neue Prosa
- Neue Szene
- Bibliothek OSTSÜDOST
- Portugiesische Bibliothek
- Französische und englische Bibliothek
- Älteste Dichtung und Prosa
- Essay
- Graphik + Art
- Fotografie
- Dokumentation
- Die Stimme des Autors – Hörbuch
- Poesiefilm

neue lyrik **www.leipzigerliteraturverlag.de**

01 Viktor Kalinke, Indianer im karierten Hemd
02 Tomaš Escher, Linie 72
03 Viktor Kalinke & Caroline Thiele, El Gancho bravo
04 Katja Langer & Viktor Kalinke, liberi terrestris
05 Viktor Kalinke, Die Kunst : den Ort zu finden
06 Anna H. Frauendorf, anKIRYLna
07 Jens Rosch, Jokhang-Kreisel
08 Viktor Kalinke, Herbst auf Sumatra
09 Laurynas Katkus, Tauchstunden
10 Gintaras Grajauskas, Knochenflöte
11 Viktor Kalinke, Wie ich Amerika entdeckte
12 Sergej Birjukov, Jaja Dada
13 Wojciech Izaak Strugała, Phantasmagorien
14 Pentti Saarikoski, Tiarnia
15 Silvio Pfeuffer, Tausend Sonnen sind eine vermisste Million
16 Uwe Nösner, Die gekreuzigte Zeit
17 Mila Haugová, Körperarchive
18 Peter Gehrisch, Tunnelgänge
19 Billy Collins, Schnee schaufeln mit Buddha
20 Guillaume Apollinaire, Bestiarium
21 Krzysztof Siwczyk, Im Reich der Mitte
22 Charles Wright, Worte sind die Verringerung der Dinge
23 Urszula Kozioł, Bittgesuche
24 Nina Chabias, Guttapercha des gänsehäutigen Gehänges
25 Miloš Crnjanski, Ithaka
26 Bärbel Klässner, Der zugang ist gelegt
27 Yvette K. Centeno, erdnah
28 Shakespeare, Sonette
29 Jean-Michel Maulpoix, Eine Geschichte vom Blau
30 Leonid Aronson, Innenfläche der Hand
31 Carsten Zimmermann, licht etc.
32 Gennadij Ajgi, Immer anders auf die Erde
33 Axel Helbig & Ulf Großmann (Hg.), Skeptische Zärtlichkeit
34 Dieter Krause, Farbkammern
35 Hadžem Hajdarević, Land, das es nicht gibt
36 Jens Rosch, Goðan Daginn
37 Charles Kenneth Williams, Von nun an
38 Sergej Jessenin, Der Winter singt – es ist ein Schreien
39 Peter Gehrisch (Hg.), Das reicht für eine Irrfahrt durch Polen
40 Miodrag Pavlović, Misshelligkeiten
41 Walter Thümler, Ist jemand da

42 Verica Tričković, Als rettete mich das Wort
43 Radmila Lasić, Das Herz zwischen den Zähnen
44 Robert Hodel (Hg.), Hundert Gramm Seele
45 James Laughlin, Dylan schrieb Gedichte
46 Boško Tomašević, Früchte der Heimsuchung
47 Esther Mohnweg, Zuerst versinkt der Horizont
48 Jean-Michel Maulpoix, Schritte im Schnee
49 Cyprian Kamil Norwid, Über die Freiheit des Wortes
50 Marina Zwetajewa, Mit diesem Unmaß im Maß der Welt
51 Viktor Kalinke, Welcher König hat hier gehaust
52 Mile Stojić, Cherubs Schwert
53 Martin Jankowski, Sekundenbuch
54 Milan Mladenović, Kind aus dem Wasser
55 Anna Achmatowa, Unsrer Nichtbegegnung denkend
56 Elin Rachnev, Zimt
57 Walter Thümler, Was daraus wird
58 Bahrom Ro'zimuhammad, Ich habe mein Selbst vergessen
59 Momčilo Nastasijević, Sind Flügel wohl ...
60 Brigitte Rath & Slávka Rude-Porubská (Hg.), Verreisen in Versen
61 Charles Reznikoff, Holocaust
62 Konstantin Hanack & Annegret Pannier, Halbjahresversuch
63 Jovan Zivlak, Winterbericht
64 Marina Trumić, Zwischen Warschau und Sarajevo
65 Bella Achmadulina, Viele Hunde und der Hund
66 Klaus Oemichen (Hg.), Es wandern die Zeiten
67 César Leal, Der Triumph der Wasser
68 Katja Winkler, Die besten Jahre
69 Peter Gehrisch, Der glimmende Ring meiner Lichtwissenschaft
70 Angelina Polonskaja, Schwärzer als Weiß
71 Robert Hodel (Hg.), Vor dem Fenster unten sind Volk und Macht
72 Martin Jankowski, sasakananas. Indonesien Material
73 Desanka Maksimović, Ich bitte um Erbarmen
74 Verica Tričković, Im Steinwald
75 Víctor Rodríguez Núñez, Mit einem seltsamen Geruch nach Welt
76 Granaz Moussavi, Gesänge einer verbotenen Frau
77 Mayjia Gille, SEIT TAGEN WARTE ICH IN DEN SAROTTIHÖFEN
78 Walter Thümler, Immer geschieht etwas
79 Milan Hrabal, Eine schimmernde Wabe Glimmer
80 Myron Hurna, Erlkönigs Erlösung
81 Milorad Popović, Scheidewege
82 Cyprian Kamil Norwid, Vade-mecum

Miloš Crnjanski, Iris Berlina. Aus dem Serbischen von Mirjana und Klaus Wittmann

Marc Degens, Abweichen. Über Bücher, Comics, Musik

Hubertus Giebe, Der geschliffene Elfenbeinturm. Widerreden und Würdigungen

Jürgen Große, Aus Langeweile

Fünf Zeitbilder, Aphorismen

Der gekränkte Mensch, Metaphysische Miniaturen, 3 Bde.

Andreas Hegewald, Ledige Sätze, Aphorismen und Zeichnungen

Axel Helbig, Annäherung an das Unsagbare, 33 Verführungen zur Literatur der Moderne

Der eigene Ton, Gespräche mit Dichtern, 2 Bände

Sascha Heße, Bewegungen des Zweifels, Fragmente und Aphorismen

Den Anker in die Luft werfen, Aphorismen

Auf eigenen Händen, Aphorismen

In Afrika sind die Buchstaben versteckt, Aphorismen

Grenlofrei Zenseheit, Aphorismen und Wortspiele

Franz Hodjak, Was wäre schon ein Unglück ohne Worte, Aphorismen

Viktor Kalinke, Gottes Fleisch

Band 1: Die Erfindung der Reinheit

Band 2: Die Verkettung des Ehe- und Sexualstrafrechts

Viktor Kalinke, Nichtstun als Handlungsmaxime

Roland Lampe, Glück ist das Ende aller Poesie, Kurzprosa

Alles dreht sich um nichts, Kurzprosa

Jean-Michel Maulpoix, Der Geistschreiber

Kommentare zu *Rainer Maria Rilke, Briefe an jungen Dichter*

Ellen Müller-Pons, Von Macchu Piccu nach Iberien

Bernard Noël, Das Buch vom Vergessen

Uwe Nösner, Die gescheiterte Reformation. Ein Zwischenruf

Anja Oehme (Hg.), Oxymora. Salongespräche

Fernando Pessoa, Juden und Freimaurertum, Fragment

Utz Rachowski, Beide Sommer, Erzählungen und Essays

Rainer Maria Rilke, Briefe an eine venezianische Freundin

Hein Semke, Die innere Stimme. Tagebücher

Fachschaft Sorabistik an der Universität Leipzig, Sorapis

Walter Thümler, Die Verlegenheit des Ornithologen

Bibliographische Information: Die Deutsche Bibliothek
Die Deutsche Bibliothek verzeichnet dieses Buch in der deutschen Nationalbibliographie, detaillierte Angaben sind erhältlich über http://dnb.ddb.de

ISBN 978-3-86660-218-2

Zur Förderung einer vielfältigen Literaturszene unterstützen wir:

1. Auflage, printed in the European Union.
Reihengestaltung: Viktor Kalinke.
Umschlagbild: © Michael Laub 2012 / Photograph - Ebru Karaca, aus: Portrait Series Battambang - Feather Man Detail.
Gesetzt aus der Gentium.